권 태

권태

발행일 2017년 02월 22일

지은이 윤 소 정
펴낸이 손 형 국
펴낸곳 (주)북랩
편집인 선일영　　편집 이종무, 권유선, 송재병, 최예은
디자인 이현수, 김민하, 이정아, 한수희　　제작 박기성, 황동현, 구성우
마케팅 김회란, 박진관
출판등록 2004. 12. 1(제2012-000051호)

주소 서울시 금천구 가산디지털 1로 168, 우림라이온스밸리 B동 B113, 114호
홈페이지 www.book.co.kr
전화번호 (02)2026-5777　　팩스 (02)2026-5747

ISBN 979-11-5987-453-6 03810(종이책)

권 태

윤소정 시집

서문

문학의 권태가 문학으로 지루하지 않을 때도 있기를 바라며

미치고 싶은 곳에서 드림

1장 문자

01. ㄹ
02. ㅍ
03. ㄱ
04. ㅅ
05. ㄷ
06. ㅈ
07. ㅌ
08. ㅇ
09. ㅂ
10. ㅊ
11. ㅁ
12. ㅋ
13. ㄴ
14. ㅎ
15. G
16. N
17. D
18. R
19. M
20. B
21. S
22. E
23. J
24. C
25. K
26. T
27. P
28. H

2장 단어

01. 대화

02. 권태

03. Change of Wind

04. 환상

05. 쉼표,

06. Dust Ball

07. 신조어

08. 우주

09. Cold Medicine

10. 마지막

ㄹ ㅍ ㄱ ㅅ ㄷ ㅈ ㅎ

ㅇ ㅂ ㅊ ㅁ ㅋ ㄴ ㅌ

G N D R M B S

E J C K T P H

1

문자

모두의 권태

—

#시조 #시

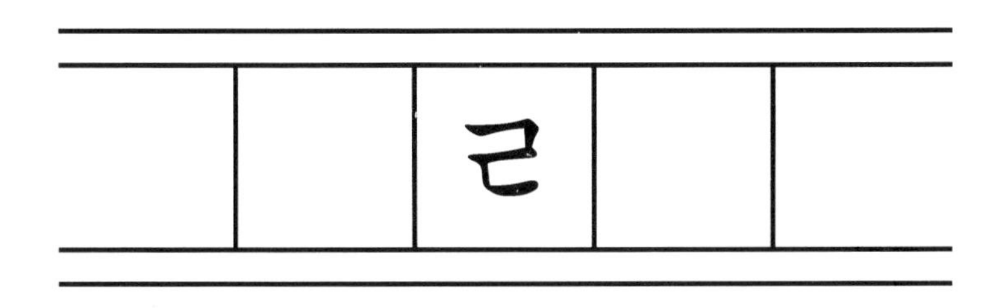
ㄹ

리본에 숨어버린 의미를 알고 싶어
선물의 미소 되고 이별로 닳아지고
리본이 함구한 시간 아직까지 몰라서

ㅍ

피　　　　　판명하다

해　　　　　단　　되

망　　　　　되　　속

상　　편애하다　　구

　　　리

　　　하

평가되다

이

하

다되주저

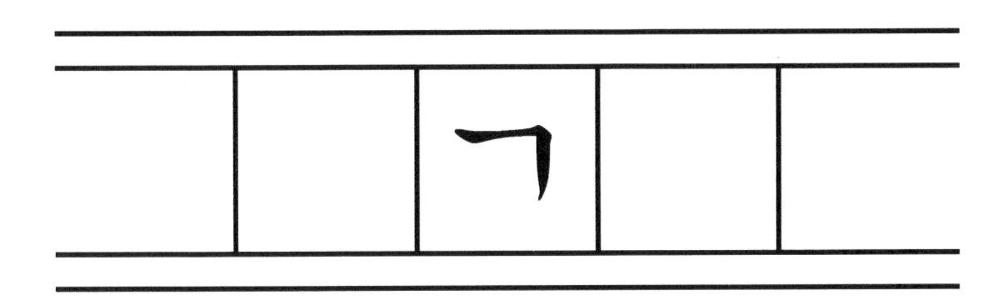
ㄱ

기억해 한 장면을 오늘의 시간처럼
늦어진 마음만큼 둔해진 현실 감각
어려워 삼키기에는 익숙해진 일처럼

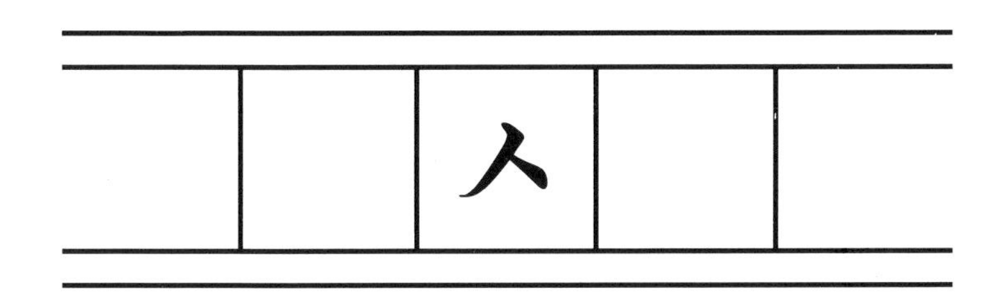
人

소소한 시간차가 사이를 서두르고
급해진 기다림이 시기를 뱉어내고
멈춰서 생각한다면 시공간 이해하지

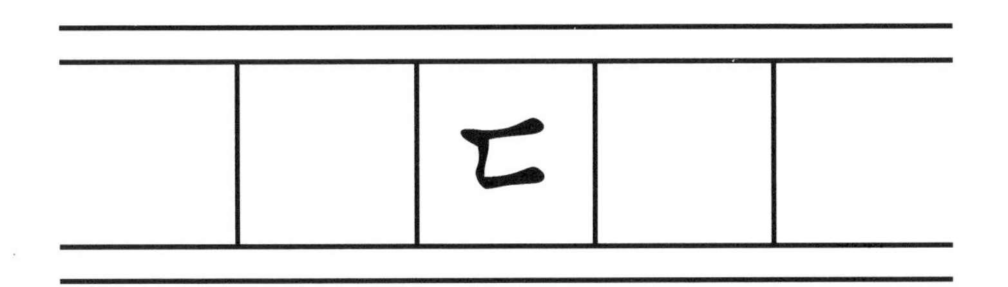
ㄷ

대단한 대비처럼 더럽게 다투는데
나와서 떳떳하게 자존심 세워보라
달라진 자긍심으로 답답함을 해결해

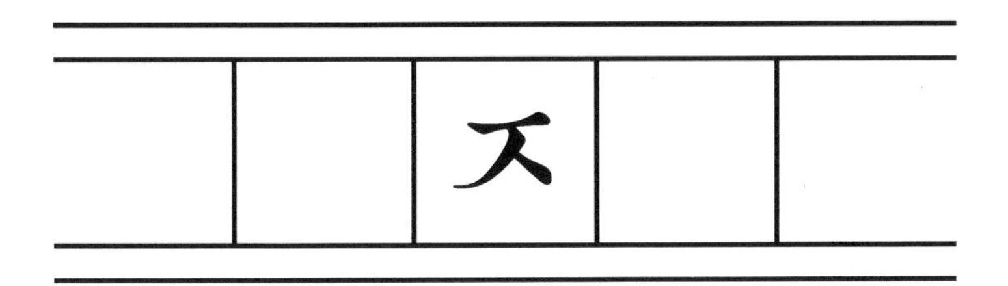
ㅈ

진부한 자존심에 정의를 지키기는
틀려진 공감각적 가치를 알아야지
눈치를 지켜야 하는 굴레 속에 산다면

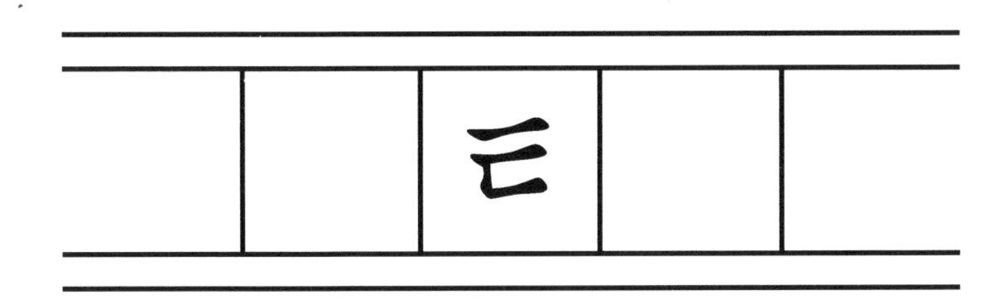
ㄹ

타오른 불길 같은 노을을 바라보며
놓치는 아쉬움에 불씨들 살려보며
집으로 퇴근하고픈 노을의 불 지핀다

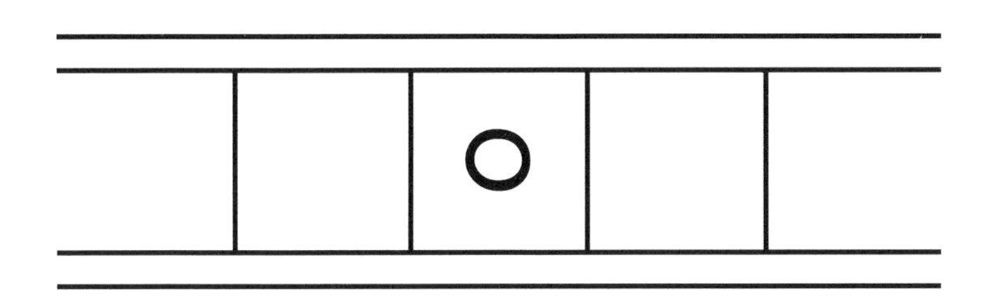

엄마야 아프지 마 말하지 못하겠어
의미에 비교 되게 주머니 가벼워서
그래도 약해지지 마 붙잡아줘 오늘을

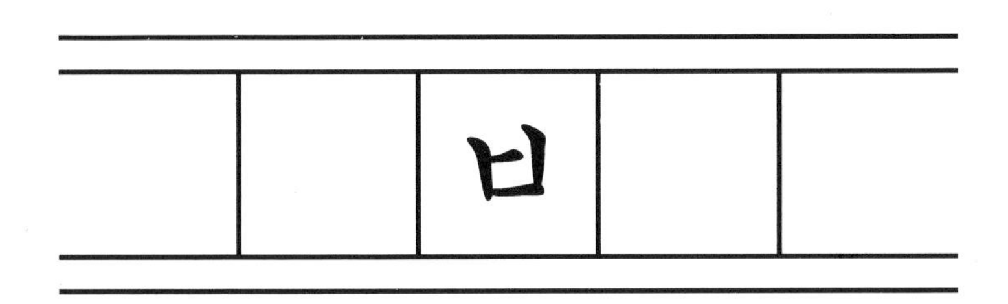
ㅂ

바라본 자연들은 너무나 한가로워
어떻게 시간들을 바람에 맡기는가
차분히 자연스러운 흔들림이 부러워

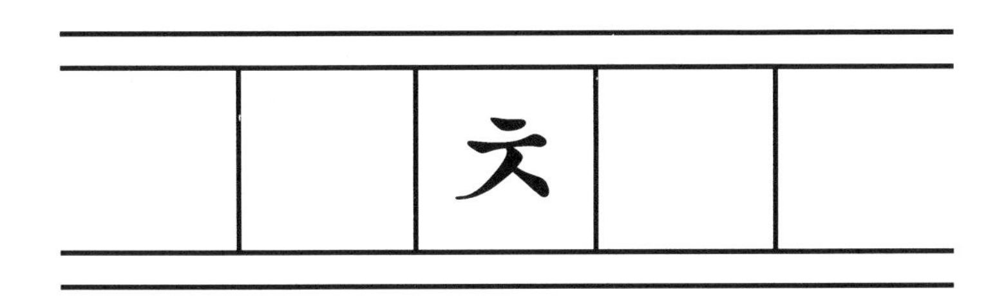
ㅈ

차가운 말투에서 진지한 생각들이
서투른 표현에서 차분한 노랫말이
천천히 숨을 쉰다면 들려지는 모든 것

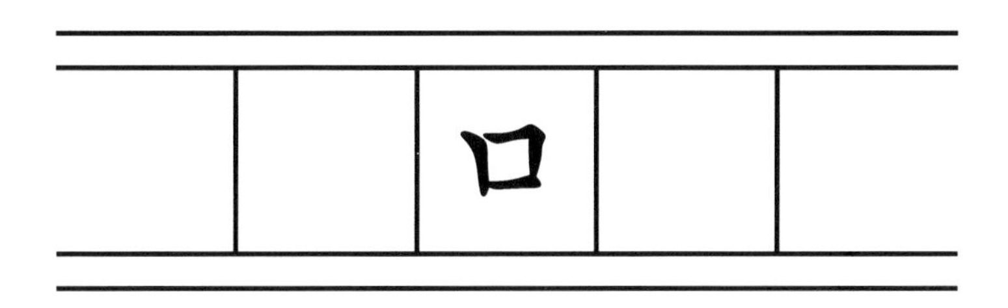
口

미련한 믿음으로 매일을 메꾸고
억지로 미안함의 순간들 채우고
하지만 마지막이야, 이별을 해 이별을

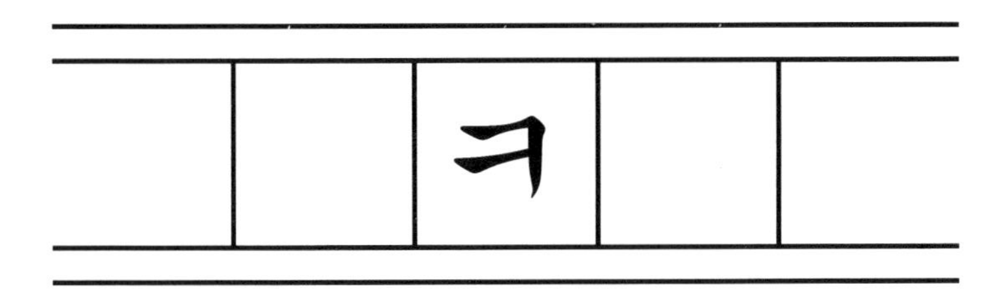
ㅋ

커다란 그리움에 가려진 기분처럼
이제는 위험해진 이별의 진실 지각
역겨워 거부하기도 중독적인 뭣처럼

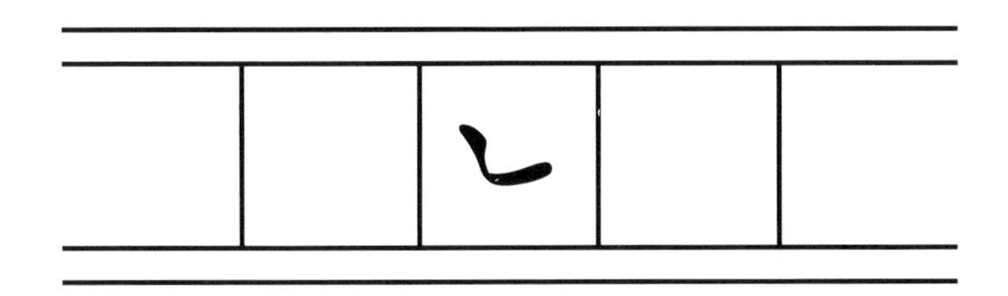

눈물이
얼룩져서
얼굴이밉다
눈물을흘린적
오래되어그런가
생각처럼흐르지도
솔직하지도않은듯이
자신을비웃는것같다
눈물이눈물에또눈물로
번지면서얼굴이밉다
자신을속이는것같이
소리처럼흐르지도
나오지도않는다

자주 있었다, 눈물을 흘린 적
마음으로 아픈 마음 만든 적

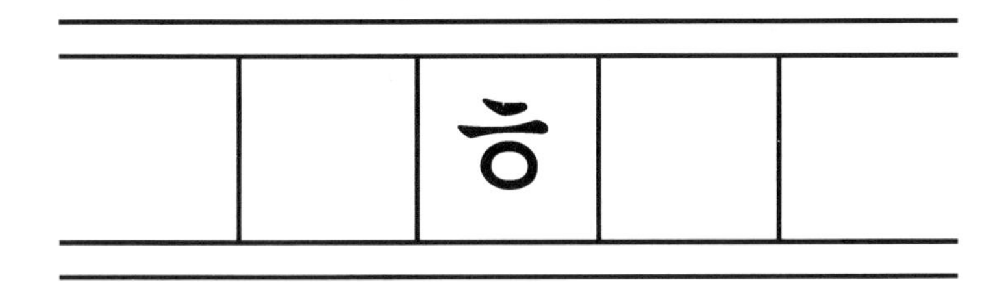

흐

한으로 호흡하는 하나의 한계에게
성숙한 도전이란 정의는 불편하지
인간의 한 모습으로 바라보면 되기에

G

Go grab lone time,

that never had before.

A generalization, rebirth of I

N

Now where is next.

Cries over the hurt

play nocturne more bad

D

Do construct own ideal

don’t knock the hell.

Old discipline seems weak

R

Ring a bell to heart

sing a song of fault.

A reflection heals some

M

May feeling be true,

crush to that real devil.

New manipulation shall do

B

Bring moments of fine

then sleeps in breeze.

Too beautiful scene for I

S

Sick thought be harmful

so haters now hush.

That satisfaction would fall

E

Easy promise will crack.

But together won't break

and enervation breath a bit.

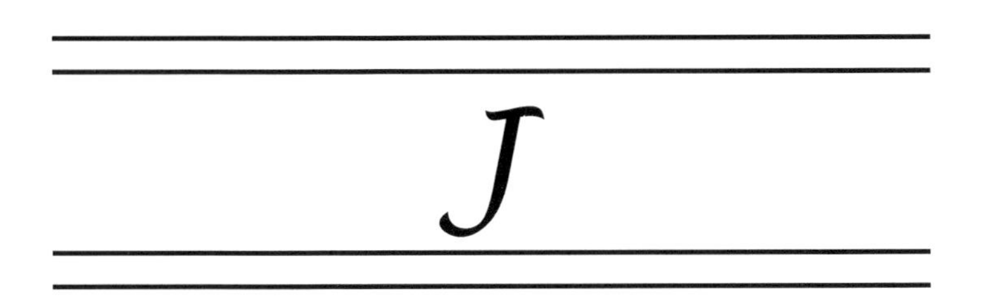

```
                        W
          E   F         O
          F   A         U
J U S T I F I C A T I O N
U   T     E   T   R     D A M N
D   I     C       I
G   G     T       C
E   M             K E N
    A
```

C

Cold breath like worries.

Hard control not answers,

only catastrophe shadow I

K

Keep distance to a real.

Be cautious of the truth,

as kindness becomes fool

T

Take tempted Eve's fate.

Game of success to fade,

only temperament of ill left

P

Paint mirror in black,

devil spreads its wings.

A perception turns fake

H

Hear whisper from hurts,

not fine but whirls.

A heartless I, inhale hard

• • •

대화 권태 환상 쉼표

신조어 우주 마지막

ChangeofWind

DustBall ColdMedicine

2

단어

권태라는 숙제

—

#소네트 #시

대화

매일 똑같은 하루의 반복
더 이상 새로운 것이 없어
내일 안 봐도 아니까 결국
우리들 대화가 점점 줄어
공부했었고 일들을 했지
그래서 피곤해 이제 쉬자
전부 되돌이 음악을 하지
우리들 안부 서로 괜찮나
언제부턴가 말라 버렸네
더는 감정도 새롭지 않고
지루한 하품 남아 깨우네
무거운 몸 억지로 이끌고
침묵 속에 오늘을 접는다
사소한 대화가 그립지 않다

권태

음악이 듣기 힘들 때에는
커피 한잔 마시기 귀찮고
햇빛을 보기 힘들 때에는
이불 속의 세상이 편하고
하고픈 것 없는 당연에서
너무 한가한 모습을 알아
빠른 인정의 권태 속에서
모두가 쉬는 주말을 앓아
아무 것을 바라지 않는데
달라진 모습 요구당하지
아주 잠시만 눈을 감는데
서둘러 눈을 뜨라고 하지
무관심이 서로에 얹힌다
깊어진 게으름 눈을 뜬다

Change of Wind

April dyeing to spring light.

Still quiet,

stings the tip of a nose

Attempt to catch more tight.

And that,

tickles the touch of all

Wind blows to stupid regret.

change as it changes

faint as it faints

Like that you are flying away.

Wind blows to past moment.

change as it changes

then chase after it

Spring sinking to the sun-light.

And you've come and gone,

like the change of wind.

시집 『바람을 바라보다』 바람의 변화

환상

마음에 상처 깊어 그럴까
굳게 두 눈을 감은 이유가
마음에 상처 깊어 그럴까
현실의 입을 닫은 이유가
하려는 대답 이미 알아서
앞선 생각을 막지는 못해
원하는 현실의 꿈 커져서
더는 부풀지 않기를 바래
시간을 넘어서 고백하는
아름다운 장면 상상하니
과거로 돌아가 치유되는
극적인 감정을 소원하니
상상의 불빛 아른거린다
불안해진 복선을 가린다

여행

이해 못 하는 공허감 있어
커피 한잔의 쓰림과 달라
어떤 외로움보다 깊어서
미치게 그립고 또 보고파
설명 못하는 괴리감 보여
지친 하루 끝 모습과 멀지
어떤 무기력 보다는 되려
강하게 이끌고 또 말하지
아주 잠시 휴식이 필요해
무거운 짐을 내려 놓고서
가벼운 여행을 떠나야 해
채워야 하는 여백이 있어
어딘가 떠날 시간이 왔다
괜찮은 눈물 흘릴 때이다

Dust Ball

Dust ball in the corner.

A few days being watched,

yet lazily not cleaned.

Dust piles up higher.

After all,

raises the spiritless mind.

Brief brooming –

recall of lone room.

Dust ball of old stuffs,
rises from every corner.
Windows wide opened,
then sunshine and wind –

Yet there but much more,
notices a lone figure.

시집『바람을 바라보다』먼지 뭉치

신조어

이해 못 하는 것이 당연해
쉽게 늘어진 나이의 푸념
뒤쳐진 것은 싫어 따라해
되감는 과거를 그냥 묵념
누가 누구를 지적질 하나
의미 잃어버린 비판인데
이제 올바른 잣대는 없나
논란 잃어버린 화재인데
소방차 불러 일단 불을 꺼
욕이나 섞지 말고 이어가
존중을 찾아 이런 신조어
잔해 속에서 계속 살아가
극딜을 줄여서 낄끼빠빠
마상을 지양해 복세편살

우주

바라본 바람 언제나 달라
마치 방향이 바뀌는 듯이
끝나지 않는 이야기 같아
다시 서서 바라봐 끝없이
소용돌이 이끌려 빠지면
낯설음 속에서 눈을 뜨지
어지러이 익숙함 찾으면
숨이 멎는 빛이 쏟아지지
아픔 머금은 바람의 우주
강렬한 태양 그리고 별들
기억이 소용 없어진 우주
달라진 바라봄과 의미들
나약한 혼란이 숨을 쉴까
슬픔의 아름다운 곳일까

Cold Medicine

Bitter taste medicine blow

- keen feelings to dull.

All that taste to mouth,

drunken eyes then fall

To dark sky, last days bow

- powerless to helpless.

And that naked tree laugh,

yet to pass winters

Common farewell gets a cold

- greetings to dull.

And that cause of wind,

please don't blame all

Better to be frosted.

No more next days,

to forget the hard cough

then sleeping in winters.

Bitter taste medicine know

- tough digest to end.

Struggles pass through,

drunken pains again fall

시집 『바람을 바라보다』 감기약

마지막

앉아 있으면 무슨 생각해
지우고 싶은 기억들이지
누군 가만히 있으면 멍해
여러번 죽고 다시 살았지
상실증 더한 대인기피증
갑자기 떠나 버리면 잊어
죽어간 것들에 달리는 중
욕해 그러한 마음의 상처
고생 증명서 같은 외톨이
죽지 못해서 시에 살아가
이런 모습도 판단을 하니
꿈을 빌려서 숨을 이어가
누가 누구인지 모르겠다
진짜의 모습 어디도 없다